AF311612

VENTE

Des Vendredi 26 et Samedi 27 Avril 1912

HOTEL DROUOT, SALLE N° 2

A DEUX HEURES

PORCELAINES ANCIENNES

DE LA CHINE

DE LA COMPAGNIE DES INDES ET DU JAPON

DÉPENDANT

DE LA

Succession de Mme Vve D.

COMMISSAIRE-PRISEUR

Me FERNAND COUTANCEAU

EXPERTS

MM. PAULME & B. LASQUIN Fils

CATALOGUE

DES

Porcelaines Anciennes

DE LA CHINE

DE LA COMPAGNIE DES INDES ET DU JAPON

Nombreuses Assiettes — Plats — Pièces de forme

EN ÉMAUX DE COULEURS DES FAMILLES VERTE ET ROSE

COLLECTION DE THÉIÈRES ET PETITES TASSES

EN PORCELAINE

DES ÉPOQUES KHANG-HY, YONG-TCHING ET KIEN-LUNG

FAIENCES ET PORCELAINES DIVERSES

SAXE, MARSEILLE, ETC.

DONT LA VENTE AUX ENCHÈRES PUBLIQUES

APRÈS LE DÉCÈS DE MME V^{VE} D.

AURA LIEU

HOTEL DROUOT, SALLE N° 2

LES VENDREDI 26 ET SAMEDI 27 AVRIL 1912

à deux heures

COMMISSAIRE-PRISEUR	EXPERTS
Me FERNAND COUTANCEAU	MM. PAULME & B. LASQUIN Fils
9, rue Arsène-Houssaye	10, r. Chauchat, 11, r. Grange-Batelière

PARIS

EXPOSITION PUBLIQUE

Le Jeudi 25 Avril 1912, salle n° 2, de 2 heures à 6 heures

U. C. 412

CONDITIONS DE LA VENTE

Elle sera faite au comptant.

Les adjudicataires paieront *dix pour cent* en sus des enchères.

L'exposition mettant le public à même de se rendre compte de l'état et de la nature des objets, aucune réclamation ne sera admise une fois l'adjudication prononcée.

Paris. — Imp. de l'Art, Ch. BERGER, 41, rue de la Victoire

DÉSIGNATION

ANCIENNES PORCELAINES DU JAPON

1 — **Japon.** Soixante-seize assiettes de forme et décors variés en bleu. (Seront divisées).

2 — **Japon.** Douze assiettes à dessert, à décor de fleurs en rouge et bleu rehaussé d'or.

3 — **Japon.** Vingt-quatre assiettes plates et quatorze creuses, à décor de fleurs, rochers et terrasse en rouge, bleu et or, chute à carrelage rouge à quatre réserves de fleurs.

4 — **Japon.** Neuf compotiers, à décors variés, fleurs et ustensiles, vases, etc, en rouge, bleu et or.

5 — **Japon.** Vingt-huit assiettes plates, décors variés, en rouge, bleu et or, et émaux de couleurs. (Seront divisées).

6 — **Japon.** Huit assiettes creuses, décorées de quatre réserves, dont une centrale avec vases de fleurs et trois ornées de fong-hoang et papillons en émaux de couleurs, lambrequins fond bleu chargé de fleurs.

7 — **Japon.** Six tasses, cinq soucoupes, une théière
et un flacon à thé, décors de fleurs bleu et or.

8 — **Japon.** Trois tasses, une soucoupe, un flacon à
thé et une théière à décors de fleurs en rouge,
bleu et or.

9 — **Japon.** Quatre tasses et leurs soucoupes, trois
théières, à décors de fleurs, oiseaux et papillons,
en bleu et or.

10 — **Japon.** Six théières et une paire de flacons à
thé, à décors variés, en couleurs et en bleu.

11 — **Japon.** Une théière, quatre tasses, six soucoupes, un flacon à thé, à décor de branchages
et fleurs.

12 — **Japon.** Quatre chopes, deux petites théières et
un flacon à thé carré, à décor rouge, bleu et or.

13 — **Japon.** Deux petites potiches, à décor d'arbustes
et fleurs en rouge, bleu et or.

14 — **Japon.** Neuf compotiers ronds, à décor rouge,
bleu et or, fleurs; bambou au centre, bord et
lambrequins fond bleu rehaussé d'or.

15 — **Japon.** Très grosse théière de six pans, à
décors de paysage et pagode en rouge, bleu et
or.

16 — **Japon**. Onze tasses avec soucoupes et un sucrier, à décor de fleurs en rouge, bleu et or, bordure à carrelage bleu.

17 — **Japon**. Pot à lait et un légumier couvert, à décor de fleurs et paysages en rouge, bleu et or.

18 — **Japon**. Quatre bols, un moutardier et un sucrier, à décors variés en rouge, bleu et or en émaux de couleurs.

19 — **Japon**. Cinq compotiers et trois plats ronds, décors et dimensions variés en bleu, rouge et or: fleurs et bambous.

20 — **Japon**. Plat creux et rond, décoré en couleur, monté en applique à trois lumières en bronze doré. Style Régence.

21 — **Japon**. Plat rond, décoré en couleur, monté en coupe; monture en bronze doré.

22 — **Japon**. Service à thé, comprenant six pots ou récipients divers sur un plateau rond, décoré en rouge, bleu et or, de fleurs pagodes et personnages. (Curieux et rare.)

23 — **Japon**. Paire de saucières à une anse, une petite aiguière et un pot à lait, à décors de fleurs en rouge, bleu et or.

24 — **Japon**. Pot à eau et verseuse, décorés de fleurs en rouge, bleu et or.

25 — **Japon**. Quarante et une assiettes plates et creuses, décors variés polychrome et bleu, quelques-unes rehaussées d'émaux. (Seront divisées.)

26 — **Japon**. Onze assiettes plates, deux modèles à décor de réserves de fleurs en rouge, bleu et or.

27 — **Japon**. Soupière ronde, couvercle et deux grands bols, décors variés en bleu et couleurs.

28 — **Japon**. Un sucrier couvert, une théière et un pot à lait, décors variés en bleu et couleurs, fleurs et oiseaux.

29 — **Japon**. Gargoulette à une anse à grecque, décorée de fleurs en rouge, bleu et or.

30 — **Japon**. Paire de flacons, de forme aplatie, à quatre faces, décorés de fleurs en bleu.

31 — **Japon**. Trois potiches-balustres, dont une petite, à décor rouge et bleu, fleurs et oiseaux.

32 — **Japon**. Soupière couverte, avec son plateau, de forme ronde, décor de fleurs en rouge, bleu et or.

33 — **Japon**. Grand pot couvert, de forme ovoïde, décoré en rouge, bleu et or, de chimères et fleurs.

34 — **Japon.** Trente assiettes, à décors variés en couleurs, fleurs et personnages. (Seront divisées.)

35 — **Japon.** Coupe couverte, céramique émaillée brun, à réserves en émaux de couleurs.

ANCIENNES PORCELAINES
DE LA COMPAGNIE DES INDES

36 — **Compagnie des Indes.** Deux sauciéres et deux saliéres, à décors variés de guirlandes de fleurs en couleurs.

37 — **Compagnie des Indes.** Quatre assiettes creuses forme octogonale, décor en couleurs d'arbustes, fleurs, terrasse et oiseaux ; bordures et carrelages bleus.

38 — **Compagnie des Indes.** Cinq assiettes, dont quatre creuses à bords festonnés, décor de bouquets de fleurs en couleurs.

39 — **Compagnie des Indes.** Cinq assiettes plates, forme octogonale, et décorées en couleurs, au centre d'un bouquet et au milieu de huit branches de roses avec feuilles de bambou.

40 — **Compagnie des Indes.** Quatre théières et un pot à lait couverts, à décors variés en couleurs et camaïeu vert ; une des théières à piédouche et bec à tête de chimère. (Seront divisés.)

41 — **Compagnie des Indes.** Une théière, à décor d'émaux blancs et couleurs, une chope à une anse et deux bols à décor de fleurs. (Seront divisés.)

42 — **Compagnie des Indes.** Sucrier ou petite soupière avec couvercle présentoir, de forme ovale, à deux anses décorés de feuilles mortes, rosaces et feuillage en émaux vert.

43 — **Compagnie des Indes.** Deux saucières à une anse, à décors variés en émaux de couleurs fleurs et paysages avec personnages.

44 — **Compagnie des Indes.** Deux cafetières et un pot à lait, décors et formes variés en couleur et camaïeu rose et bleu, le pot à lait orné de rayons de Phébus.

45 — **Compagnie des Indes.** Dix assiettes, dont une creuse, de forme octogonale, à décors variés en couleurs, fleurs, paysages, etc.

46 — **Compagnie des Indes.** Deux plats, forme oblongue à bords contournés, à décor de fleurs en bleu et en dorure.

47 — **Compagnie des Indes**. Plat creux et rond, décoré en émaux de couleurs, au centre bouquet de fleurs entouré d'une bande fond rouge d'or, orné de quatre réserves de fleurs ; bordure à rinceau bleu.

48 — **Compagnie des Indes et Chine**. Deux compotiers à bord ajouré, décor en émaux de couleurs et en bleu, fleurs et balustres, et une assiette, décorée de deux perdrix et de fleurs en émaux de couleurs de la famille rose.

49 — **Compagnie des Indes**. Neuf assiettes creuses, de forme octogonale, décor d'arbres, fleurs et terrasses au centre et au marli d'oiseaux, en couleurs, rehaussé d'émaux et d'or.

50 — **Compagnie des Indes**. Quatorze assiettes plates, à décor de fleurs en camaïeu violet et bordure en dorure.

51 — **Compagnie des Indes**. Paire de petits bols en porcelaine mince, décoré de deux branchages de fleurs et de deux armoiries en émaux bleu, rehaussé d'or.

52 — **Compagnie des Indes**. Une petite cafetière, un flacon et une salière, à décors variés en couleurs, fleurs et figures.

53 — **Compagnie des Indes**. Paire de petits bouillons couverts à deux anses, à décor de fleurs en couleurs, bord à lambrequin à carrelages.

51 — **Compagnie des Indes.** Trois tasses et leurs soucoupes, en porcelaine mince, à décors variés : fleurs et scène familiale en couleur et dorure.

55 — **Compagnie des Indes.** Sucrier de forme quadrilobée avec son couvercle et un petit plateau de forme oblongue, décorés en couleurs et bouquets de fleurs.

56 — **Compagnie des Indes.** Paire de saladiers carrés, décorés en émaux de couleurs, de paysages et fleurs.

57 — **Compagnie des Indes.** Huit assiettes à décors variés avec bouquets de fleurs en couleurs au centre, bordure à dentelles en dorure.

58 — **Compagnie des Indes.** Deux assiettes plates, décors européens variés en couleurs, au centre réserves à paysages, l'une avec quatre réserves en grisaille et camaïeu rose au marli. (Seront divisées.)

59 — **Compagnie des Indes.** Paire d'assiettes à bord festonné, décorées au centre d'un bouquet de fleurs en couleurs et d'un écusson au marli avec guirlandes de fleurs rehaussé d'or.

60 — **Compagnie des Indes.** Douze assiettes dont neuf creuses, décorées en couleurs au centre d'un pied de pivoines, à la chute de branches de bambous coupées et au marli de trois branches de pivoines.

61 — **Compagnie des Indes.** Grande coupe, décorée en émaux de couleurs à réserves de fleurs et personnages à fond de dorure.

62 — **Compagnie des Indes.** Cafetière de forme conique, décorée de deux réserves avec armoirie sur fond bleu chargé de rinceaux de feuillage et dorure.

63 — **Compagnie des Indes.** Grand plat rond à bord contourné avec double fond mobile et ajouré, décor de fleurs en bleu.

64 — **Compagnie des Indes.** Trois assiettes creuses, décorées au centre d'un vase de fleurs et au marli de trois branches fleuries en émaux de couleurs.

65 — **Compagnie des Indes.** Paire d'assiettes creuses décorées en émaux de couleurs au centre d'un paysage : ville au bord d'un lac, et au marli de huit figures de Dieu Pa-chen sur les nuages de couleurs différentes. (Décor rare.)

66 — **Compagnie des Indes.** Quatre assiettes plates, décorées en couleurs d'une pagode sur un rocher, tronc d'arbre avec fleurs et dragon : bord à rinceaux, feuillages et fleurs. (Décor rare.)

67 — **Compagnie des Indes.** Dix-sept assiettes creuses et une plate, à décors variés en couleur et camaïeu rose. (Seront divisées).

68 — **Compagnie des Indes.** Soupière ronde à deux anses avec couvercle et présentoir, à décor de fleurs en bleu.

69 — **Compagnie des Indes.** Soupière ovale à deux anses avec couvercle et plateau, décoré de festons de fleurs et armoiries en couleurs.

70 — **Compagnie des Indes et Japon.** Petite soupière couverte et trois salières, décors en bleu et polychrome.

71 — **Compagnie des Indes.** Partie de service à thé, comprenant : une théière, un flacon à thé et un pot à lait, avec couvercles décorés en grisaille et dorure, de vases, ustensiles et fleurs.

72 — **Compagnie des Indes.** Paire d'assiettes, décorées de corbeilles de fleurs en grisaille et dorure, avec draperie en émail bleu.

73 — **Compagnie des Indes.** Quatre assiettes plates, décorées, au centre, d'un bouquet de fleurs en couleurs, avec oiseaux et papillons.

74 — **Compagnie des Indes.** Cinq assiettes plates, de forme octogonale, à décor de fleurs en émaux de couleurs, dont une avec paons.

75 — **Compagnie des Indes.** Quatre assiettes plates, à bord festonné, décorées de bouquets de fleurs en émaux de couleurs.

76 — **Compagnie des Indes.** Quatre assiettes plates, décorées au centre d'une corbeille de fleurs et fruits, et au marli de réserves de fleurs, avec encadrements de dorure.

ANCIENNES PORCELAINES
DE CHINE

77 — **Chine et Compagnie des Indes.** Trois soucoupes et sept petites coupes, de formes et décors variés, en émaux de couleurs et en bleu. (Seront divisées).

78 — **Chine.** Pot à lait et un service, à décors variés, fleurs en émaux de couleurs, rehauts d'or.

79 — **Chine.** Théière couverte sphérique, à décor de fleurs et bordure fond vert à carrelages en émaux de couleurs de la famille verte.

80 — **Chine.** Théière couverte, à godrons en relief et décorée en émaux de couleurs de fleurs et oiseaux et de deux bandes circulaires à compartiments alternant fond rose et vert chargé de fleurs.

81 — **Chine.** Deux théières avec couvercles, décorées en émaux de couleurs de la famille rose, l'une de pivoines et de deux cages, bordures fond rose, la seconde à fleurs et bandes circulaires bleues.

82 — **Chine.** Petite théière, de forme polygonale, décorée de grandes palmes, fond noir chargé de rinceaux de feuillages verts et fleurs, rehaut de dorure, bordure fond rose et carrelages.

83 — **Chine.** Théière, décorée en relief de branches et de fleurs de lotus, décorée en émaux de couleurs de chrysanthèmes et de combats de coqs.

84 — **Chine.** Deux théières, décorées en émaux de couleurs, l'une de scènes d'intérieur, l'autre de corbeilles de fleurs et rehaut de dorure. (Seront divisées).

85 — **Chine.** Théière avec son présentoir, de forme lobée, décorée de deux réserves de chrysanthèmes sur fond rose chargé de fleurs, base et couvercle en petites marguerites en relief.

86 — **Chine.** Deux théières sphériques, à décors variés en émaux de couleurs, ustensiles et fleurs.

87 — **Chine et Compagnie des Indes.** Deux petites tasses à une anse, à décor de coqs et poule, et une avec les attributs de l'amour en émaux de couleurs.

88 — **Chine.** Théière couverte et une tasse à une anse, décorées en émaux de couleurs de chrysanthèmes et coqs chantant, lambrequin bleu et bordure fond vert d'eau. Époque Yong-tching.

89 — **Chine et Compagnie des Indes**. Quatre tasses et
sept soucoupes à décors variés en couleurs et
dorure. (Seront divisées).

90 — **Chine**. Deux tasses à anse et leurs soucoupes,
à décor de fleurs et rochers en émaux de couleurs, bord à carrelages.

91 — **Chine**. Deux tasses et leurs soucoupes en porcelaine mince, décorées en émaux de couleurs,
réserves de fleurs sur fond vermiculé brun.

92 — **Chine**. Trois tasses et leurs soucoupes en
porcelaine mince, décors variés en émaux de
couleurs : fleurs, paysage, combat de coqs. (Seront divisées.)

93 — **Chine**. Cinq tasses et leurs soucoupes, de forme
et décor variés en couleurs. (Seront divisées.)

94 — **Chine**. Quatre tasses avec leurs soucoupes, à
décor de branches de fleurs et pivoines, bordure à fond vert d'eau en émaux de couleurs.

95 — **Chine**. Deux tasses et leurs soucoupes en porcelaine mince, décor de fleurs en émaux de couleurs sur fond vermiculé brun.

96 — **Chine.** Cinq tasses et cinq soucoupes en porcelaine mince, décors variés en émaux de couleurs : chrysanthèmes, fleurs, oiseaux, phénix.
bordure à lambrequins et bandes fond rose.

97 — **Chine**. Cinq tasses et leurs soucoupes en porcelaine mince, décors variés en émaux de couleurs : ustensiles et kakemono, paravent et paon, et scène militaire. (Seront divisées.)

98 — **Chine**. Tasse et sa soucoupe en porcelaine mince, décor de paysage maritime et lambrequin fond bleu clair à carrelages et bordure dorée. Époque Yong-tching.

99 — **Chine**. Deux tasses avec leurs soucoupes en porcelaine mince, décors de réserves de fleurs et personnage, l'une sur fond rose uni, l'autre sur fond rose caillouté. (Seront divisés.)

100 — **Chine**. Quatre tasses et deux soucoupes en porcelaine mince, décorées de réserves de fleurs et paysage avec figure sur fond d'or chargé de fleurs réservées en blanc. (Seront divisées.)

101 — **Chine**. Trois tasses avec leurs soucoupes en porcelaine mince, décorées de réserves de fleurs sur fond noir chargé de fleurs en émaux de couleur.

102 — **Chine**. Tasse semblable aux précédentes, sans sa soucoupe.

103 — **Chine**. Grand plat rond et creux, décor en émaux de couleurs de la famille verte d'un pied de pivoines ; bordure à carrelages vert orné de six réserves de fleurs.

104 — **Chine.** Plat rond, décoré en émaux de couleurs de la famille verte de fleurs et plante aquatique sur un étang avec carpe; bord à carrelage et fond vert piqué, orné de six réserves à emblèmes.

105 — **Chine.** Grande cuvette ronde, à bord contourné, richement décorée intérieurement et extérieurement de rinceaux de feuillages et fleurs en émaux de couleurs de la famille verte avec poisson en rouge et bleu. Marque dynastique Hang-hy.

106 — **Chine.** Assiette plate, décorée au centre de fleurs et vases en couleurs, au marli d'un large lambrequin à fond rouge de fer, rinceaux blancs et de festons de fleurs à rehauts d'or et d'émaux blancs, bleus et verts.

107 — **Chine.** Paire de petits plats ronds, décorés en émaux de couleurs, au centre, d'une touffe de chrysanthèmes au marli de lambrequin fond bleu lavande à hachures alternant avec des rouleaux dépliés fond rouge de fer à rinceaux blancs réservés et festons de fleurs

108 — **Chine.** Grand plateau, à bord relevé à huit lobes, richement décoré au centre d'un pied de pivoines avec oiseaux au bord d'un étang avec fleurs aquatiques et canards, bord à carrelage rouge à huit réserves fond vert et emblèmes.

109 — **Chine**. Très grand et beau plat rond, décoré en émaux de couleurs de la famille rose au centre d'arbustes fleuris, pivoines, vase de fleurs et brûle-parfum, au marli de lambrequin fond vermiculé brun, chute fond rose à carrelages et festons de fleurs à fond caillouté bleu clair.

110 — **Chine**. Grand plat creux, à décor de pivoines en émaux de couleurs de la famille rose ; bordure fond rose alternant fond vert à six réserves.

111 — **Chine**. Deux grandes cafetières, de forme conique, décorées de réserves de fleurs en émaux de couleurs sur fond capucin.

112 — **Chine**. Paire de cafetières analogues aux précédentes, décorées de branchages de pivoines, chrysanthèmes et d'un paon en émaux de couleurs de la famille rose ; bordure bande fond vert caillouté, à quatre réserves de fleurs.

113 — **Chine**. Deux petites cafetières, de forme conique et couvertes, de grandeurs différentes, décor analogue en émaux de couleurs de la famille rose. Parc entouré d'un mur qu'escalade un jeune homme venant retrouver deux jeunes femmes ; bordure à fond rose.

114 — **Chine**. Deux assiettes plates et un plat rond, à décors variés en émaux de couleurs de la famille verte : fleurs, oiseaux, poissons.

115 — **Chine et Corée**. Paire de grands compotiers
ronds, à décor coréen en émaux de couleurs :
tigres, oiseaux et fleurs.

116 — **Chine**. Paire de grands compotiers, à décor en
émaux de couleurs de la famille rose, à pivoines,
rochers et oiseaux ; petite bordure à fond vert
piqué, chargé de fleurs.

117 — **Chine, Corée**. Plat monté en coupe, décoré en
émaux de couleurs : canards, oiseaux, animaux
et fleurs, et de monture en bronze doré.

118 — **Chine**. Quatre assiettes, décor de pivoines au
centre et au marli et huit réserves à fleurs en
émaux de couleurs de la famille rose sur fond
vermiculé brun.

119 — **Chine**. Paire de compotiers, à décor d'arbre en
fleurs et de pivoines et rochers en émaux de
couleurs de la famille rose.

120 — **Chine**. Paire d'assiettes plates, décor en émaux
de couleur et rehaut de dorure, au centre d'un
bouquet de fleur, au marli de lambrequins alternant fond bleu lavande et fond rouge de fer avec
grecques en noir sur fond vert.

121 — **Chine**. Grande assiette, décorée au centre d'un
écusson, marli semblable au précédent.

122 — **Chine**. Cinq assiettes, de forme octogonale, décorées au centre d'un coq avec arbuste en fleurs et rochers, marli à lambrequins fond rose, à réserves de fleurs.

123 — **Chine**. Treize assiettes plates, de forme et décors variés en émaux de couleurs de la famille rose. (Seront divisées.)

124 — **Chine**. Trois assiettes plates, à décor de vases de fleurs et branches de pivoines au centre, marli à lambrequin fond rouge de fer vermiculé blanc et alternant fond bleu lavande et fond vermiculé brun chargé de fleurs à émaux blancs.

125 — **Chine**. Compotier rond, décoré au centre de branches de pivoines, bord à fond bleu lavande orné de quatre réserves de fleurs en émaux de couleurs.

126 — **Chine**. Plat rond et creux, décoré de fleurs et rinceaux de feuillage en émaux de couleurs sur fond rouge.

127 — **Chine**. Pot à pinceaux, décoré en émaux de couleurs de la famille verte et deux réserves avec personnage sur une terrasse.

128 — **Chine**. Petit vase-rouleau, décoré en couleurs de branches de pivoines dans des compartiments. Époque Ming.

129 — **Chine**. Pot cylindrique couvert, à décor de chrysanthèmes en couleurs. Époque Ming.

130 — **Chine**. Grand et petit compotier, décorés en émaux de couleurs, au centre, d'un arbre à fleurs ; bordure en dorure et carrelages.

131 — **Chine**. Deux compotiers ronds, de grandeurs différentes, décor semblable en émaux de couleurs de la famille rose, à cinq bouquets de pivoines ; bordure fond de carrelages et quatre réserves.

132 — **Chine**. Grand plat rond, décoré en émaux de la famille rose, au centre de pivoines, marli à lambrequin fond rose et vert, décor avec grecques.

133 — **Chine**. Huit assiettes plates, décorées en émaux de couleurs de la famille rose, au centre de pivoines, ainsi qu'au marli avec lambrequin à fond vermiculé rouge.

134 — **Chine**. Cinq assiettes, décorées en émaux de couleur de la famille rose, deux de figures de femmes sur une feuille et trois à bouquets de fleurs au centre et de fruits au marli. (Seront divisées.)

135 — **Chine**. Paire de grands compotiers, décorés en émaux de couleurs, au centre d'un pied de pivoines, roche, coq, poule et poussins avec rehauts d'or ; bord à festons de fleurs. Époque Yong-tching.

136 — **Chine**. Plat rond, décoré en émaux de couleurs de la famille rose, au centre d'un paysage avec pagode entourée d'un mur crénelé ; marli à fond vermiculé brun chargé de fleurs, orné de quatre réserves.

137 — **Chine**. Paire de petites potiches, décorées en émaux de couleurs de la famille rose et de vases de fleurs, et à l'épaulement de lambrequins fond vert d'eau et vermiculé rouge, chargé de fleurs et feuillages bruns, rehaussé d'or ; bordures fond rose.

138 — **Chine**. Crachoir, à bord de forme octogonale, décoré en émaux de couleurs de la famille rose : fleurs.

139 — **Chine**. Petit plat à bord relevé et festonné, décoré en camaïeu de couleurs de la famille verte, au centre d'un dragon dans les flammes, entouré d'une bande fond vert piqué, bord à compartiment alternant, fond de grecques et paysages.

140 — **Chine**. Plat, décoré en émaux de couleurs de la famille verte, au centre d'une scène d'intérieur à trois personnages, au marli de cinq réserves avec emblèmes sur fond de carrelages jaune, violet et vert.

141 — **Chine**. Paire de vases-cornets à bord évasé, richement décoré en émaux de couleurs de la

famille rose, de personnes, rochers et de deux
faisans, bord à lambrequin, fond rose. Monture
en bronze. Style Louis XV.

142 — **Chine**. Vase, de forme balustre à petit col,
décor en émaux de couleurs de deux figures de
femmes.

143 — **Chine**. Plat et assiette, décorés en couleurs,
au centre, d'une réserve à paysage, couronne et
rosace de feuillages et fleurs ; bordure fond bis
rehaussé d'or à quatre réserves de fleurs.

144 — **Chine**. Deux grands et un petit compotiers,
décorés au centre d'un arbre en fleurs, et au
bord de branches de fleurs en couleurs.

145 — **Chine, Corée**. Seize assiettes plates, décorées
de chrysanthèmes en bleu, rouge et or au centre,
et en émaux de couleurs au marli.

146 — **Chine**. Huit assiettes plates, décorées en
émaux de couleurs de la famille rose ; au centre
d'une rosace, pivoines et kakemono déroulé.
Marli à lambrequin fond bleu, uni et rose, caillouté, chargé de fleurs.

147 — **Chine**. Paire de grands plats ronds, à décor
analogue aux assiettes précédentes.

148 — **Chine**. Cinq assiettes plates, décorées en
émaux de couleurs, au centre d'une réserve
ronde de paysage mouluré et de fleurs au
marli, bord à carrelages.

149 — **Chine.** Plat creux, décoré en émaux de couleurs de la famille verte ; au centre de rochers, arbuste, fleurs avec paon, bordure à carrelages.

150 — **Chine.** Douze petites assiettes, décors variés en émaux de couleurs de la famille verte. (Seront divisées.)

151 — **Chine.** Sept grandes assiettes plates, décorées en émaux de couleurs de la famille verte ; au centre de branches de pivoines et fong-hoang, marli à carrelages de feuillages, orné de quatre réserves à poissons et crustacés.

152 — **Chine.** Paire de flacons à thé avec couvercle, de forme rectangulaire à pans coupés, décorés en émaux de couleurs de la famille verte de fong-hoang et fleurs.

153 — **Chine.** Sept grandes assiettes plates, décorées en émaux de couleurs de la famille verte, de branchages de pivoines et de fong-hoang, bordure à carrelage de feuillage vert et quatre réserves de poissons et crustacés.

154 — **Chine.** Vase de forme balustre à petit orifice, décoré en émaux de couleurs de trois personnages dans un paysage.

155 — **Chine.** Pot couvert, de forme ovoïde, richement décoré en émaux de couleurs de quatre

compartiments, ornés de branches de fleurs et
papillons, et de vase de fleurs, ustensiles divers, séparés par des bandes à fond vert piqué
chargé de fleurettes.

156 — **Chine**. Plat ovoïde, décoré en émaux de couleurs de la famille rose, d'un mandarin à cheval
sur une chimère, avec sa suite.

157 — **Chine**. Six assiettes plates, décorées en
émaux de couleur, au centre de chrysanthèmes,
au marli, de lambrequins fond vermiculé brun
chargés de fleurs.

158 — **Chine**. Compotier rond, décoré au centre
d'une branche de pivoines en émaux de couleur;
bordure à bande fond vert d'eau à carrelages,
orné de quatre réserves à paysages maritimes.

159 — **Chine**. Deux petits plats, de forme octogonale,
décors de paysages avec personnages en émaux
de couleur de la famille verte.

160 — **Chine**. Potiche, de forme balustre à huit pans.
décorée en émaux de couleurs de la famille
rose et branchage de pivoines alternant avec des
scènes diverses à personnages, lambrequins
fond rose et col à bordure fond bleu à carrelages.

161 — **Chine**. Potiche, de forme balustre avec couvercle, à quatre faces, décoré en émaux de couleurs de la famille rose et branchages de pivoines et rochers, large lambrequin fond rose.

162 — **Chine.** Petite potiche couverte, forme balustre, décorée en émaux de couleurs de la famille rose, de branche de pivoines, rochers et oiseau; bordure fond rose.

163 — **Chine.** Grand hanap, décoré en émaux de couleurs de la famille rose, d'un groupe de musiciens sur une terrasse; bord à fond rose chargé de fleurs et orné de six réserves à paysages.

164 — **Chine.** Grosse potiche, décoré de rinceaux de feuillages, de branches de fleurs et de fong-hoang en couleurs. Époque Khang-hy.

165 — **Chine.** Paire d'assiettes plates, décorée au centre de pivoines, tronc d'arbre et arbuste en émaux de couleurs et blancs; marli richement décoré d'enchevêtrement de feuillages et fleurs.

166 — **Chine.** Quatre assiettes plates décorées en émaux de couleurs de la famille rose au centre d'arbustes et fleurs, au marli avec large lambrequin à fond vermiculé brun et caillouté fond rose chargé de fleurs.

167 — **Chine.** Trois assiettes creuses à décors variés, fleurs et balustrade en émaux de couleurs et dorure.

168 — **Chine.** Huit assiettes et deux compotiers à décors variés, coréens, à arbustes et fleurs. (Seront divisées.)

169 — **Chine et Japon.** Onze assiettes et un compotier à décors variés en couleurs, socle et fleurs.

170 — **Chine.** Petit compotier, décoré en émaux de couleurs de la famille verte de tige de bambous, fleurs et oiseaux ; bordure à carrelages et réserves.

171 — **Chine.** Théière couverte, de forme ovoïde et côtelée, décorée en émaux de couleurs de la famille verte et en bleu de tiges de fleurs.

172 — **Chine.** Paire de flacons apersoirs, décorés de rinceaux de feuillages en émaux verts et chrysanthèmes rouges. Époque Khang-hy.

173 — **Chine.** Tasse et deux présentoirs, décorés de fleurs et oiseaux en émaux de couleurs de la famille verte, rehaussés d'or.

174 — **Chine.** Théière couverte, à décor de pivoines, rochers terrasses et faisans.

175 — **Chine.** Deux petites tasses avec leurs soucoupes décorées de réserves de fleurs en émaux de couleurs sur fond rose caillouté.

176 — **Chine.** Plat, décoré en émaux de couleurs de la famille rose, au centre de fleurs, marli à fond vermiculé brun chargé et décoré de quatre réserves de fleurs et emblèmes.

177 — **Chine.** Petit plat, décoré en émaux de couleurs de la famille rose, au centre d'une corbeille de fleurs, au marli de lambrequins à fond vermiculé brun et rose chargé de fleurs.

178 — **Chine.** Plat décoré en émaux de couleurs de
la famille rose, au centre, d'une vasque de
pivoines, marli avec fleurs et bordure fond
rose.

179 — **Chine.** Six assiettes plates, décorées en émaux
de couleurs de la famille rose, au centre de
pivoines, chute à bande fond rose à carrelages
ornée de quatre réserves de fleurs ; marli à
rinceaux de feuillages en blanc gravés sous
couverte.

180 — **Chine.** Six grandes assiettes plates, décorées
en émaux de couleurs de la famille verte, de
saules, fleurs et oiseaux, marli fond vert piqué
de noir et chargé de fleurs, orné de quatre réserves avec poissons.

181 — **Chine.** Six assiettes plates et creuses à riches
décors variés en émaux de couleurs de la famille rose : fleurs et coq, vases de fleurs, oiseaux. (Seront divisées.)

182 — **Chine.** Treize assiettes plates, à riches décors
variés en émaux de couleurs de la famille rose:
fleurs, paysages, animés de personnages et
oiseaux. (Seront divisées.)

183 — **Chine.** Trois vases à cols coupés, de formes
et décors variés en bleu et couleurs.

184 — **Chine.** Biberon décoré de pivoines, rochers
et coqs en émaux de couleurs de la famille rose.

185 — **Chine**. Potiche-balustre, décorée en bleu, de deux compartiments à branchages, fleurs et rochers.

186 — **Chine**. Pot ovoïde, à décor de fleurs de prunier, réservées en blanc sur fond bleu marbré.

187 — **Chine**. Pot couvert, à deux anses, décoré en émaux de couleurs de la famille verte, de roses et fleurs ; ustensiles divers et emblèmes.

188 — **Chine**. Pot cylindrique couvert, décoré de rinceaux de feuillages et chrysanthèmes en émaux de couleurs.

189 — **Chine**. Vase-balustre, à quatre faces, à col évasé, à deux anses, richement décoré en émaux de couleurs de la famille verte de quatre chimères dans des paysages ; col à compartiments à fleurs ; base avec bande de carrelages sur fond vert.

190 — **Chine**. Potiche, forme balustre, décorée de réserves de fleurs en émaux de couleurs de la famille rose sur fond capucin.

191 — **Chine**. Sucrier cylindrique couvert, à décor de réserves de fleurs en émaux de couleurs de la famille rose sur fond capucin.

192 — **Chine**. Paire de petites potiches, décorées en émaux de couleurs de fleurs, et deux réserves à paysages sur fond rose.

193 — **Chine**. Paire de grosses potiches couvertes, à décor de branchages chargés de pêches en émaux de couleurs. Époque Yong-tching.

194 — **Chine**. Paire de pots à gingembre avec couvercles, forme sphérique, émaillés gros bleu.

195 — **Chine**. Cache-pot, décoré de deux réserves de fleurs en émaux de couleurs sur fond rose et bandes circulaires vertes.

196 — **Chine**. Vase ovoïde, décoré en émaux de couleurs de la famille verte de trois personnages, et vase de fleurs posé sur un banc ; bordure fond vert à carrelages.

197 — **Chine**. Très grands vases-rouleau, décorés en émaux de couleurs de la famille verte d'une scène équestre devant une pagode avec nombreux personnages. — Hauteur, 0 m. 63 cent.

198 — **Chine**. Grand pot ovoïde, avec couvercle en grès, décoré de pivoines en émaux de couleurs.

199 — **Canton**. Assiette creuse en ancien émail, à décor de fleurs et oiseaux en couleurs.

FAÏENCES ET PORCELAINES

DIVERSES

200 — **Satsuma**. Brûle-parfums et vase en faïence décorée de personnages guerriers et jeux d'enfants.

201 — **Japon**. Statuette de guerrier japonais, en grès décoré.

202 — **Delft**. Petite potiche en ancienne faïence, décor bleu.

203 — **Moustiers**. Deux théières en ancienne faïence, décorée en couleurs d'un soldat combattant, au sabre, un lion.

204 — **Saxe**. Deux flacons à thé et une tasse et sa soucoupe, en ancienne porcelaine, à décors de fleurs en couleurs.

RED.:

20

MIRE ISO N° 1
NF Z 43-007
AFNOR
Cedex 7 - 92080 PARIS-LA-DÉFENSE

graphicom

BIBLIOTHEQUE NATIONALE DE FRANCE

****

CHATEAU DE SABLE

1996

www.ingramcontent.com/pod-product-compliance
Ingram Content Group UK Ltd.
Pitfield, Milton Keynes, MK11 3LW, UK
UKHW031731170726
13836UKWH00002B/577